LES
SOIRÉES POLITIQUES.

LES SOIRÉES

POLITIQUES,

OU

SIMPLES CONVERSATIONS

SUR

Les principes libéraux;

Par l'auteur du *Bon Curé*, du *Bon Paysan*, des *Aventures de Jasmin*, ou le *Parfait Domestique*, etc.

PARIS,

GAUME FRÈRES LIBRAIRES,

RUE DU POT-DE-FER, N° 5.

1829

PRÉFACE.

———

CES Soirées font partie d'un plus grand ouvrage intitulé : *Soirées villageoises*, ou *Mélanges d'histoires et de conversations sur les principaux points de la morale chrétienne*(1). Le sujet qu'elles traitent étant entièrement distinct des sujets religieux des autres soirées, elles nous ont paru sus-

(1) 2 vol. in-18. Paris, chez Gaume, frères, rue du Pot-de-Fer-Saint-Sulpice, n° 5. — Prix 2 fr. 50 c.

ceptibles d'être publiées séparé-
ment; et dans un moment où l'im-
portance des bonnes doctrines
est si généralement sentie, nous
avons pensé que ce serait un ser-
vice à rendre à la bonne cause que
celui de faciliter ainsi à tous les
gens de bien le moyen de les
répandre à peu de frais. Lorsque l'erreur a tant d'apôtres, et
d'apôtres si zélés, c'est peu d'ai-
mer la vérité, il faut encore travailler à la faire connaître, et à
la faire triompher de tous les
sophismes de ses adversaires.
Pour parvenir à ce but désira-
ble, nous ne pouvons pas nous

le dissimuler, il nous faut des efforts constans, des efforts proportionnés à la grandeur du mal, des efforts supérieurs même à ceux qu'emploient les propagateurs des doctrines impies et séditieuses : car, si nous avons pour nous la raison, ils ont pour eux les passions : et comme celles-ci flattent tous les penchans de l'homme, elles sont bien autrement persuasives que celle-là, qui les réprime. C'est cette conviction qui nous a porté à vouloir offrir au zèle de ceux qui partagent notre opinion sur cette nécessité, un moyen facile de réaliser leurs bonnes intentions; notre but sera rempli s'ils approuvent notre ouvrage, et si sa lecture peut contribuer à désabuser quelques Français égarés.

PREMIÈRE SOIRÉE.

———

PIERRE.

Monsieur, est-ce que vous n'avez pas eu une visite aujourd'hui ?

M. HARDOUIN.

Oui, mon ami ; un inconnu est venu se présenter chez moi pour me recommander un candidat aux élections qui vont se faire bientôt.

PIERRE.

N'est-ce pas qu'il avait l'air d'un bien aimable homme ?

M. HARDOUIN.

Du moins, il avait des manières assez honnêtes.

PIERRE.

Je le crois bien ; il m'a fait des complimens plus que je n'en avais reçu de toute ma vie, et puis il m'a encore engagé à dîner pour le jour où nous irons voter. Il faut convenir que c'est une jolie chose d'être électeur.

M. HARDOUIN.

Oui, pour ceux qui aiment à recevoir des complimens et un dîner une fois tous les sept ans : vous lui avez sans doute promis, par reconnaissance, tout ce qu'il vous demandait ?

PIERRE.

Pas tout-à-fait ; je n'ai pas pris d'engagement formel, mais guère moins : le moyen de refuser un homme aussi honnête ! J'aime à rendre civilité pour civilité; je ne suis pas ingrat, moi.

M. HARDOUIN.

De sorte qu'avec des manières flatteuses on obtiendra de vous tout ce qu'on voudra.

PIERRE.

Pourvu toutefois que ça ne puisse faire tort à personne.

M. HARDOUIN.

Et vous croyez que la nomination d'un député est dans ce cas.

PIERRE.

Certainement; si j'ai fait tort aux autres qui auraient voulu avoir aussi ma voix, c'était bien forcé, puisque je n'en peux nommer qu'un.

M. HARDOUIN.

Ce n'est pas des intérêts d'un député qu'il s'agit ici, mon ami; c'est des intérêts de toute la France, qu'il peut servir ou compromettre d'une manière trop forte, pour qu'aucune considération particulière puisse être admise dans cette circonstance. Songez donc que c'est des députés que le gouvernement reçoit toute sa force; c'est par eux que les lois sont acceptées, modifiées ou rejetées; ce sont eux qui fixent l'impôt; c'est à eux que beaucoup de citoyens adressent leurs réclamations; ils peuvent neutraliser toute la bonne volonté du Roi pour le bonheur de son peuple; leurs discours excitent ou apaisent les factions, répandent le trouble ou ramènent le calme, font naître la confiance ou sèment les alarmes. Jugez si le choix d'un homme appelé à la participation d'une telle puissance, et dont la bonne ou la mauvaise conduite va influer sur le sort de vingt-huit millions de Français, doit être fait au hasard ; et si ce n'est pas le comble de l'injustice envers tous vos concitoyens, de les exposer, par votre légèreté, à tous les maux qui peuvent en résulter pour eux.

PIERRE.

Oh ! quant à ça, je vous promets que j'y ai bien réfléchi ; j'ai fait bien des questions à ce monsieur sur celui qu'il me proposait.

M. HARDOUIN.

Et il paraît qu'il vous y a répondu d'une manière satisfaisante.

PIERRE.

Je vous en réponds : si vous saviez tout le bien qu'il m'en a dit, vous verriez qu'il n'y a pas eu moyen d'y tenir.

M. HARDOUIN.

Et ce monsieur qui vous parlait

ainsi en faveur de l'autre, vous le con-
naissiez sans doute d'une manière
toute particulière ? Vous êtes trop
raisonnable pour croire un inconnu
sur sa seule parole, dans une matière
aussi grave surtout, et lorsque tant
de raisons peuvent lui donner un intérêt à vous tromper.

PIERRE.

A vous dire vrai, je ne l'ai jamais
ni vu ni connu ; mais il m'a dit qu'il
était grand ami avec le cousin du
beau-frère du neveu de notre juge de
paix , et notre juge de paix est un
très-brave homme ; ainsi vous voyez
qu'il avait de bonnes recommanda-
tions.

M. HARDOUIN.

Excellentes, en vérité ! Notre juge
de paix est un honnête homme, ainsi
l'ami du cousin du beau-frère de son

neveu ne saurait manquer aussi d'être digne de toute confiance : la conséquence est juste!

PIERRE.

Mais vous avez l'air de rire en disant ça.

M. HARDOUIN.

Le moyen de s'en empêcher en entendant de pareils raisonnemens! Allons, Pierre, convenez que les complimens et le dîner n'ont rien gâté au mérite de votre monsieur.

PIERRE.

Je vous réponds que je ne me serais pas laissé prendre à c'te amorce-là, s'il ne m'avait pas donné de bonnes raisons.

M. HARDOUIN.

Et quelles sont-elles ces bonnes raisons ?

PIERRE.

Par exemple, il m'a dit que celui qu'il me proposait était sincèrement attaché aux principes constitutionnels et libéraux.

M. HARDOUIN.

Et vous aimez ces principes ?

PIERRE.

Sans doute que je les aime, puisque tout le monde dit qu'ils sont bons. Est-ce que j'aurais tort, par hasard ?

M. HARDOUIN.

Ceci, mon ami, demande une explication. Sans doute, par eux-mêmes et pris dans leur véritable sens, ces principes peuvent être bons ; mais de quoi l'homme n'abuse-t-il pas ? Malheureusement il existe encore en France des gens qui rêvent une nouvelle révolution : l'ambition des grands emplois chez les uns, l'amour des richesses chez les autres; des passions haineuses chez ceux-ci, des régrets chez ceux-là, produisent ce criminel désir : l'impiété aussi, l'espoir de la licence, et même quelquefois le besoin de vivre ou la fausse gloire de se faire un nom dans un parti quelconque, contribuent à augmenter le nombre de ceux qui le partagent. Divisés dans leurs motifs, tous ces hommes cependant ont un premier intérêt qui leur est commun, et pour lequel ils unissent leurs efforts, celui de changer de gouvernement. Forcés de cacher encore leurs sinistres projets qui attireraient sur eux la haine publique, ils se masquent sous des apparences trompeuses, et pour en mieux imposer aux simples, autant que pour échapper plus sûrement à la sévérité des lois,

ils affichent des opinions susceptibles
au besoin d'une favorable explication, comme aussi faciles, selon les
circonstances, à défigurer par une
extension forcée et par de fausses in-
terprétations. Ces opinions si com-
modes pour eux, et dont ils savent
tirer un aussi bon parti, sont ces
mêmes opinions constitutionnelles et
libérales que les honnêtes gens ne
demanderaient pas mieux que de protéger, si leurs adversaires, en les dé-
naturant, n'avaient habitué les esprits à les confondre avec l'odieux
abus qu'ils en font.

PIERRE.

Savez-vous bien que vous ne faites pas là un joli portrait des libéraux ?

M. HARDOUIN.

Ce que je viens de dire, mon ami,

ne peut s'appliquer qu'aux chefs du parti, à ceux qui ont leur projet formé, qui poussent les autres au crime et à la révolte, pour recueillir seuls ensuite les fruits du crime et de la révolte, s'ils réussissent, ou en laisser porter la peine, dans le cas contraire, à ceux qui les auront commis. Ces chefs sont nécessairement en très-petit nombre, si nous le comparons à celui de leurs dupes, parmi lesquelles j'aime à avouer qu'il y en a beaucoup qui ne sont que des gens séduits. Tous ceux-ci sont comme des soldats qui, dans un combat nocturne, égorgent leurs amis, croyant tuer leurs ennemis.

PIERRE.

Mais qu'est-ce qui vous dit que les premiers ont des projets aussi méchans que vous le prétendez? ils ne parlent jamais, au contraire, que dans l'intérêt du peuple.

M. Hardouin.

Eh! mon ami, qui tromperaient-ils s'ils se découvraient entièrement? Plus cette marche est trompeuse, mieux elle leur convient : leurs projets sont trop horribles pour qu'ils puissent les avouer franchement ; jamais même ils ne l'oseront, et quels que soient leurs succès, ils auront toujours besoin de dissimuler pour ne pas faire lever contre eux la nation tout entière; mais la perfidie leur coûte peu, et malheureusement la crédulité publique les seconde merveilleusement. Un homme d'un profond jugement a dit, en parlant du peuple : « Je ne connais que deux choses qu'on ne puisse lui faire croire qu'avec une extrême difficulté, la vérité et son avantage.» Ses ennemis, qui connaissent cette funeste propension, l'exploitent dans leur intérêt, avec un art admirable : ils feignent un grand zèle pour son plus grand bonheur; ils s'appitoient sur ses maux, qu'ils exagèrent; ils critiquent le gouvernement, qui n'y apporte pas de plus prompts remèdes; ils forgent à leur aise de superbes plans de félicité publique. Ces plans sont inexécutables, leurs auteurs le savent, et c'est justement pour cela qu'ils les ont choisis, car le gouvernement ne les adoptera pas, ils lui en feront un crime, et le peuple, incapable de discerner le faux du vrai dans ces sortes de matières, se rangera naturellement du côté de ceux qui lui promettent le plus d'avantages; il les regardera comme ses vrais amis, comme ses plus zélés défen-

seurs, comme ses soutiens, ses ap-
puis, ses protecteurs; il confoudra
leurs intérêts avec les siens; à son
tour il les protégera, il les soutien-
dra, il les élèvera, persuadé que sa
félicité datera du jour où ils auront
le pouvoir de réaliser leurs bienfai-
sans projets. Avec une autre manœu-
vre, les hommes dont je vous parle
séduiront encore d'autres esprits :
aux uns, ils parleront de la dignité
de l'homme, des droits de l'homme,
de l'honneur national; aux autres,
ils parleront de la liberté, de l'égalité; ils irriteront la jalousie de ceux-
ci contre tout ce qui s'élèvera au-
dessus d'eux; ils enflammeront la
cupidité de ceux-là, en leur mon-
trant une voie plus prompte pour
parvenir aux honneurs et à la fortune; et pour achever enfin leur coupable triomphe sur toute la nation,

ils corrompront ses mœurs et sa foi
par leurs écrits licencieux et impies.
Alors tout sera perdu, les rênes du
gouvernement flotteront incertaines
entre les mains du pouvoir; contra-
rié dans toutes ses mesures, sans
force pour commander l'obéissance,
impuissant à punir la rébellion, il
succombera, et sa chute sera le com-
mencement des malheurs publics.
Unis pour l'abattre, mais divisés
pour en partager les dépouilles, ses
vainqueurs commenceront entre eux
une lutte sanglante. Victime des par-
tis éphémères que chaque jour verra
naître et tomber, le peuple opprimé
attendra en vain cette félicité imagi-
naire qu'on lui avait promise : sans
ouvrage, sans argent, sans pain ; fu-
sillé, mitraillé chaque fois qu'il voudra faire entendre ses plaintes, il
aura tout le temps de répandre des

larmes de sang sur sa fatale inconsé-
quence, qui aida au triomphe de
ceux qui ne prêchaient la liberté
que pour arriver au despotisme.

PIERRE.

Il peut bien être quelque chose
de ce que vous dites là, et je conçois
bien que dans ce cas ils seraient
obligés de s'en cacher, et de faire
patte de velours, jusqu'à ce qu'ils
aient trouvé l'occasion de réaliser
leurs projets; mais enfin je n'en suis
pas sûr; et s'ils avaient, au contraire,
de bonnes intentions, comme ils le
disent, ça serait aller contre mes intérêts que de m'opposer à leurs des-
seins. Ne vaut-il pas mieux attendre
qu'ils changent de langage, pour voir
alors ce qu'il y aura à faire?

M. HARDOUIN.

Quand vous vous apercevrez de

leur changement de langage, c'est que vous aurez déjà les fers aux pieds et aux mains, et il ne sera plus temps alors de vous opposer à leurs projets. Si l'on vous disait que je veux mettre le feu à votre ferme, attendriez-vous qu'elle brûlât pour vous méfier de moi ?

PIERRE.

Non sans doute ; mais encore me faudrait-il quelque indice capable d'exciter mes craintes ; car je ne puis pas ainsi me méfier à tort et à travers, et sans un motif suffisant, de tous ceux dont on voudrait me faire peur.

M. HARDOUIN.

Plût à Dieu, mon ami, que ces indices, que ce motif suffisant manquassent ici ! Mais malheureusement vous en trouverez cinquante pour

un ; il n'y a que le défaut de réflexion,
ou la prévention la plus aveugle, qui
puisse empêcher de les apercevoir
clairement. Il ne me sera pas difficile
de vous prouver ce que j'avance.
A l'œuvre on connaît l'ouvrier, dit un
ancien proverbe ; hé bien, qu'ont-ils
fait pour le bonheur du peuple, ces
gens qui paraissent aujourd'hui prendre si chaudement ses intérêts, alors
qu'un tyran usurpateur le foulait par
des impôts vexatoires, demandait
aux pères le sang de leurs enfans,
aux épouses celui de leurs maris ;
alors qu'il n'y avait plus en France
ni lois, ni justice, ni liberté? Trop
fortement comprimés par la main de
fer qui nous gouvernait à cette époque, et dans l'impossibilité d'élever
leurs courageuses voix, gémissaient-
ils du moins en secret de l'oppression
publique? Loin de là, serviles adu-

lateurs du despote couronné, ils flat-
taient tous ses caprices, encoura-
geaient tous ses crimes, servaient
toutes ses passions, et à force de
bassesses et de lâcheté, ils s'effor-
çaient d'en obtenir quelques récom-
penses payées par les sueurs du pauvre et par le sang du soldat. Aujour-
d'hui que la justice et l'humanité
président aux conseils du souverain,
et qu'ils n'ont plus à en espérer les
dépouilles de l'innocent. Aujourd'hui
que la paternelle bonté d'un roi légitime hésite avant de frapper ses
enfans coupables, ils s'irritent de
l'ordre qui renaît ; et, mesurant leur
audace sur la clémence de leur roi,
que n'ont-ils pas fait, depuis le moment heureux où la France enfin pa-
cifiée n'avait plus qu'à s'occuper du
soin de cicatriser ses plaies, pour
s'opposer au bien médité par la sa-

gesse du souverain ? Censeurs constans de tous les actes du gouvernement, sous prétexte de l'éclairer, ils
n'ont cessé de le critiquer, et de travailler à lui enlever toute confiance.
Provocateurs de révoltes et de séditions, ce fut toujours leurs disciples
qu'on vit figurer dans toutes celles
qui eurent lieu. A défaut d'une jus-
tification complète, ils les excusaient,
les palliaient, protégeaient leurs auteurs, niaient leurs projets. Ennemis
de tout ce qui pouvait contribuer à
maintenir l'ordre, on les vit toujours
acharnés contre les institutions les
plus nécessaires au repos public ; les
tribunaux, la police, la force armée
eurent tour à tour en eux de violens
adversaires. Fidèles copistes de leurs
devanciers d'horrible mémoire, comme eux ils attaquent d'abord l'autel,
pour arriver ensuite plus sûrement

à la chute du trône. Parjures à leurs sermens les plus sacrés, peu de mois les ont vus jurer fidélité aux Bourbons, puis l'expulsion des Bourbons, puis encore fidélité aux Bourbons! Est-ce donc ainsi par le crime qu'on prélude aux vertus dont ils voudraient se parer? Sophistes impudens, combien de fois n'ont-ils pas renié leurs principes pour en prendre d'autres plus conformes à leur intérêt du moment? A l'époque de la restauration, par exemple, et lorsqu'ils pouvaient espérer de trouver, dans les employés de l'ancienne administration, un grand nombre d'amis et de créatures, que n'ont-ils pas dit pour prouver au gouvernement qu'il devait les conserver? que de belles lamentations n'ont-ils pas faites sur l'injustice et le danger des réactions? Aujourd'hui que les hau-

tes fonctions administratives sont
remplies par des hommes dévoués
au Roi et fidèles à l'honneur, que ne
disent-ils pas, au contraire, pour appeler sur eux les rigueurs d'une des-
titution en masse ? Et cette Charte, si
commode objet de leurs banales
adorations, avec quel acharnement,
après en avoir demandé l'exécution
plcine et entière, n'ont-ils pas voulu
souvent, le lendemain, en retrancher
les articles les plus essentiels ?

PIERRE.

Oh ! pour celui-là, c'est trop fort :
ils disent au contraire toujours qu'ils
ne demandent que ça.

M. HARDOUIN.

Vous allez voir s'ils sont sincères,
et si j'ai tort de parler ainsi. La Charte
déclare la religion catholique religion de l'Etat ; donc ils doivent non-

seulement la respecter, mais encore
la protéger : au lieu de cela, qu'ont-
ils fait , et que font-ils encore tous
les jours ? Tous les écrits qui l'attaquent ont été par eux publiés et ré-
pandus avec une scandaleuse profu-
sion. Peu contens de ceux qui exis-
taient déjà, ils en ont chaque jour fait
paraître de nouveaux, dans lesquels
l'impiété le dispute à la révolte et à
l'immoralité. Les ministres de cette
religion ont été continuellement les
objets de leur haine, et souvent
même de leurs violences les plus coupables : recherchés dans les actions
les plus innocentes de leur vie, ou
critiqués dans les fonctions les plus
nécessaires de leur ministère, combien de fois, au défaut de crimes
réels, ne leur en a-t-on pas supposé
d'imaginaires ? et combien souvent
n'a-t-on pas vu ces mêmes hommes

qui soutenaient tous les factieux, qui
défendaient tous les impies, qui protégeaient tous les rebelles, épuiser
toutes les ressources de leur furi-
bonde éloquence pour dénoncer avec
éclat à toute la France un malheureux prêtre bien ignoré qui, dans un
village bien obscur, avait peut-être
un peu outre-passé les bornes du
zèle ?

PIERRE.

C'est bien fait de les défendre,
mais cependant, entre nous, vous
pouvez convenir qu'ils ont aussi fait
bien des fautes.

M. HARDOUIN.

Il y a loin d'une faute à un crime,
mon ami ; tout homme peut tomber
dans la première, le second n'appar-
tient qu'aux scélérats ; en appelant
sur l'une toute l'indignation que mé-

rite l'autre, les impies ont exprès confondu des notions aussi simples, pour mieux assurer les effets de leur haine : « Mentons, ont-ils dit, mentons hardiment, et mentons souvent; il en restera toujours quelque chose; à force de nous entendre répéter des accusations contre les prêtres, on finira par croire que si tout n'est pas vrai, il y en a au moins une partie. » Mais voulez-vous savoir ce que vous devez penser de toutes ces calomnies? écoutez le compte suivant, dont je vous garantis l'exactitude : Trente mille prêtres environ couvrent la surface de la France; quoique insuffisans par leur nombre au salut de tant de millions d'âmes dont ils sont chargés, cependant ils ne sont pas moins trente mille individus : hé bien, sur ce grand nombre d'hommes dont la conduite est épiée avec tant de

3

soin, et dénoncée avec tant de légèreté, il ne s'est trouvé, en plus de
dix ans, que quatre à cinq scélérats,
dont le plus affreux même n'était pas
français. Comparez maintenant l'immense bien qu'ont fait et que font
journellement trente mille prêtres,
avec le scandale qu'ont donné quatre
à cinq d'entre eux, et jugez si c'est
le bonheur de la France que veulent
les impies, lorsqu'ils emploient tant
de moyens criminels pour détourner
le peuple de la confiance qu'il doit
avoir en ses véritables amis.

PIERRE.

Il n'y a pas de comparaison, c'est
vrai; car sans prêtre il n'y aurait plus
de religion possible, et j'ai toujours
entendu dire, et je conçois aussi, que
sans religion le monde ne serait bientôt plus qu'une vraie caverne de voleurs.

M. Hardouin.

Puisque nous sommes d'accord sur ce point, revenons maintenant à ce que je vous disais du mépris que font de la Charte ceux qui vantent le plus leur attachement pour elle : cette Charte proclame le libre exercice de tous les cultes ; donc les catholiques qui professent la religion reconnue religion de l'État, devraient au moins être tranquilles dans leurs églises ; mais ces messieurs ne veulent de la Charte que les articles qui leur conviennent : vous pouvez vous rappeler avec quelle rage, le mot n'est pas trop fort, ils se sont opposés aux prédications des missionnaires ; ils ne se sont pas contentés de déclamer contre eux, ils ont été jusqu'à employer la violence pour écarter les fidèles des églises. Est-ce là respecter cette Charte pour laquelle ils feignent un si profond respect? n'est-ce pas, au contraire, la détruire dans ses deux articles les plus essentiels?

THOMAS.

Je n'aurais jamais cru d'eux tout ce que vous en dites là ; ils ont l'air si bons enfans !

M. HARDOUIN.

Si vous pouviez en douter encore, il me serait facile d'achever votre conviction, en ajoutant à ce que je vous ai déjà dit, le récit de quelques-uns de leurs actes : par exemple, aimaient-ils le roi et son gouvernement, ceux qui ont dit que la France n'avait vu le retour des Bourbons qu'*avec répugnance?*

PIERRE.

Quant à ça, je m'en rappelle; j'étais à Paris à ce moment-là ; mais il n'y en a eu qu'un qui a tenu ce propos.

M. Hardouin.

C'est vrai ; mais tous se sont constitués ses défenseurs, et ont cherché à l'excuser ; ils partagent tellement ses sentimens, que depuis, et après sa mort, ils lui ont élevé des statues. Aiment-ils encore le roi et son gouvernement, ceux qui ont voulu faire siéger à la chambre des députés, sous Louis XVIII, un homme souillé du vote de la mort de Louis XVI ? Que ne pourrais-je pas dire encore, si j'avais besoin de fortifier les preuves que je vous ai données, du dessein formé par ces hommes de bouleverser une seconde fois la France ? celles que j'ai citées doivent suffire, j'espère, pour vous convaincre ; et si vous aimez l'ordre et la paix, si vous redoutez les crimes et les malheurs inséparables de toute révolution, vous vous éloignerez pour toujours de ceux que vous êtes forcé de reconnaître pour les plus dangereux ennemis du bien public.

PIERRE.

Toutes vos raisons me paraissent bonnes, et j'avoue que je n'ai rien à répondre ; mais si vous voulez que je vous parle franchement, je vous croirais plus volontiers si je ne connaissais des libéraux qui sont de parfaits honnêtes gens, et que je ne puis croire capables de toutes les horreurs que vous leur imputez.

M. HARDOUIN.

Que Dieu me préserve, mon ami, de vous conseiller jamais de les comprendre tous dans une égale condamnation ! Ne vous ai-je pas déjà dit, au contraire, que ces projets n'appar-

tenaient qu'aux chefs du parti; les
autres sont une troupe docile qui suit
aveuglément les maîtres que quelque
circonstance particulière à chacun
d'eux lui a fait choisir; les opinions
de ces hommes trop confians sont si
peu assurées, les principes qu'ils professent sont si peu les leurs, que nous
les voyons, tout en exaltant les avantages de la liberté et de l'égalité,
donner l'exemple contradictoire de
l'obéissance la plus exacte et de la
soumission la plus humble aux ordres
et aux décisions de ceux qu'ils recon-
naissent pour leurs chefs.

PIERRE.

S'il y a des imbéciles parmi eux,
ils ne le sont pas tous; et comment
ceux qui ne sont ni sots ni méchans,
resteraient-ils dans le parti, s'ils le

croyaient aussi dangereux que vous dites ?

M. HARDOUIN.

C'est qu'une passion ou un intérêt quelconque les égare, et leur fait fermer les yeux sur les suites inévitables d'une opinion qu'ils ne protégent que par des considérations qui lui sont tout-à-fait étrangères. Est-ce que vous croiriez par hasard que tous les libéraux aiment véritablement les idées libérales? Si vous avez en effet cette bonhomie, il me sera facile de vous indiquer un moyen bien simple pour vous convaincre vous-même du contraire. La première fois que vous irez à Paris avec votre charrette, essayez à ne pas céder le pas à la voiture de quelque député de ce parti; vous verrez comme il vous traitera; et si vous lui objectez ce qu'il répète cent

fois quand il a besoin de cette phrase,
que *tous les hommes sont égaux*, prenez garde à vous en lui parlant ainsi,
car il ne tardera pas à vous couper
la figure à coups de fouet. D'où vient
cette contradiction? C'est que les opinions que ces hommes affichent ne
sont pour eux qu'un masque sous lequel ils cachent leurs véritables intentions. Je vous ai déjà expliqué les
causes qui avaient contribué à for-
mer et à augmenter ce parti : de peur
que vous ne m'ayez pas assez compris, j'entrerai maintenant dans quelques détails. Les uns, et ce nombre
est beaucoup plus grand qu'on ne
pense, ne l'ont embrassé que par jalousie contre l'ancienne noblesse,
qu'ils craignent de voir reprendre
une supériorité qui les offenserait;
les autres sont guidés par une haine
aveugle contre la religion; ceux-ci

sont habitués, dès l'enfance, à entendre préconiser les lumières du
siècle, et médire des anciennes institutions; ils répètent tout bonnement
ce qu'ils ont entendu dire : ceux-là,
déchus des anciennes espérances de
fortune et d'honneurs qu'ils avaient
conçues sous le précédent gouvernement, ne voient celui-ci que de mauvais œil, et pour satisfaire leur ani-
mosité, ils se sont ralliés à ses ennemis. Que vous dirai-je enfin? il y a
des libéraux qui ne sont tels que pour
plaire à un protecteur dont ils ont
besoin, d'autres fois pour capter la
bienveillance d'une famille dans laquelle ils désirent entrer pour s'as-
socier à ses richesses; un intérêt de
commerce, une raison d'amour propre, un motif de convenance, porte-
ront encore beaucoup de personnes
à embrasser ces opinions, qu'elles

devront uniquement aux circonstances, et que la conviction, comme vous
voyez, sera loin de leur avoir données.

Il en est d'autres cependant, et ce
sont ceux-là sans doute dont vous
vouliez me parler, que guident des
motifs plus nobles : séduits par les
apparences d'une perfection chimé-
rique dont ils croient voir le modèle
dans ces principes, ils les ont em-
brassés et les soutiennent avec cha-
leur. Éblouis par les prestiges d'une
théorie séduisante, ils ferment les
yeux sur les dangers de sa pratique :
semblables à cet astronome qui tomba
dans un puits en regardant les astres,
pendant qu'ils sont tout entiers livrés
à leurs vaines spéculations, les évé-
nemens se succèdent et se pressent;
ils rêveront encore le bonheur général du monde, que déjà leur triste pa-

trie sera expirante sous les débris de l'autel et du trône renversés.

PIERRE.

Mon Dieu, monsieur, comme vous voyez en noir : il semblerait, à vous entendre, que la France va être bouleversée une seconde fois.

M. HARDOUIN.

Je ne dis pas qu'elle le sera, mais je dis qu'elle le serait infailliblement, si ceux dont je vous parle prenaient dans le gouvernement l'ascendant qu'ils veulent obtenir.

BERNARD.

Bah! peut-être que tout ça se réduirait à quelques petits changemens dans l'intérêt du peuple.

M. HARDOUIN.

S'il n'était aussi tard, je vous montrerais de suite combien votre espérance est contraire à toutes les leçons de l'expérience ; mais ceci demande-rait des explications un peu longues, et ce sera, si vous voulez, le sujet de notre première conversation.

———

DEUXIÈME SOIRÉE.

M. Hardouin.

J'ai promis, mes amis, de vous prouver que l'espoir dont Bernard paraît vouloir se flatter est contraire à toutes les leçons de l'expérience ; cette tâche me sera facile, et parmi le grand nombre d'exemples que je pourrais vous citer, je n'aurai besoin que d'en prendre un, parce qu'il sera par lui-même assez concluant, et qu'il est trop à votre connaissance pour que vous puissiez le récuser.

Lorsque notre malheureuse révolution éclata, il y avait déjà plus de soixante ans que les philosophes l'appelaient de tous leurs vœux, et la

préparaient par tous les moyens qui
étaient en leur pouvoir : comme nos
libéraux d'aujourd'hui, ils se don-
naient pour les seuls et les vrais amis
du peuple ; ils réclamaient sans cesse
ce qu'ils appelaient ses droits, ils exal-
taient sa puissance, ils peignaient ses
malheurs, ils se constituaient ses défenseurs ; leurs nombreux écrits ne
parlaient que de l'humanité, de la
liberté, de la bienfaisance. Séduit
par ces hypocrites déclamations, le
peuple eut le malheur de les croire,
de leur prêter son assistance ; ou-
bliant les obligations qu'il avait à cette
royale famille, occupée, depuis tant
de siècles, du bonheur et de la gloire
de la France, il retira sa confiance à
un souverain dont il avait déjà cependant mille fois béni la bonté,
dont les soins vigilans avaient déjà
réformé plusieurs abus, et dont les

vertus et la sagesse lui promettaient de longues années de prospérité. Assez aveugle pour ne pas voir que le bonheur d'un roi légitime dépend essentiellement de celui de son peuple, et qu'au contraire celui d'un factieux ne peut jamais être que dans le trouble, il préféra aux avis sages et paternels de son roi les théories mensongères et les promesses trompeuses d'une foule d'intrigans que l'espoir du désordre avait rassemblés comme l'odeur du carnage rassemble les oiseaux de proie; forts de son appui, ces factieux triomphèrent, et le forfait le plus épouvantable couronna leur audace. Les voilà donc maîtres de cette France dont ils ont promis de faire le bonheur! Voyons maintenant comment ils vont s'en acquitter : déjà parjures à une première constitution qu'eux-mêmes cependant avaient faite, et qu'ils avaient proclamée comme établissant les *solides bases* de la prospérité publique, je les vois qui passent bientôt à une seconde : celle-ci ne sera pas plus avare de promesses que la première ; elle *garantit à tous les Français l'égalité, la liberté, la sûreté, la propriété, la dette publique, le libre exercice de tous les cultes....* tout cela est fort beau sans doute, mais il n'était pas alors plus besoin qu'aujourd'hui d'une révolution pour l'obtenir : puisqu'elle fut cependant faite et puisque quelques ambitieux voudraient en renouveler encore aujourd'hui les horreurs, apprenons du moins, par les résultats de la première, ce que nous devons attendre de la seconde.

On avait promis au peuple l'égalité, et ceux-là même qui la lui avaient promise, commencèrent par

4

le partager en citoyens actifs et in-
actifs sous les rapports politiques :
aux premiers ils donnèrent le droit
d'élire, aux seconds ils le refusèrent.
Où voyez-vous là de l'égalité ?

PIERRE.

Mais ils ne pouvaient pas faire autrement. Comment voulez-vous, parlant par respect, que mon gardeur
de porcs, qui ne sait ni lire ni écrire,
qui n'est jamais sorti de son village,
et qui n'entend pas un mot de politique, aille se mêler de tout ça?
c'est-y possible? à la bonne heure
d'y appeler de bons cultivateurs qui
sont au courant des affaires, et qui
en entendent parler quelquefois.

M. HARDOUIN.

Je suis parfaitement de votre avis;
mais alors il ne fallait pas qu'ils pro-
missent l'égalité, puisqu'ils savaient

bien qu'ils ne pouvaient pas la donner ; car de même que votre gardeur
de porcs ne saurait être votre égal,
de même aussi vous ne pouvez pré-
tendre à être l'égal de tous ceux que
plus de richesses, plus d'instruction,
plus d'expérience mettent à même de
servir plus utilement l'État. Cette inégalité contre laquelle les novateurs
ont tant déclamé est cependant si na-
turelle, que nous chercherions vai-
nement un exemple contraire dans
toute la nature ; la plus grande forêt
ne vous offrira pas deux feuilles parfaitement semblables, deux grains
de sable ne seront pas pareils aux
yeux du naturaliste ; dans tous ces
millions d'étoiles qui brillent au ciel,
vous n'en trouverez pas deux égales ;
deux gouttes de pluie ne se ressem-
blent pas ; un oculiste qui examinera
vos deux yeux trouvera l'un plus fai-

ble, l'autre plus fort, et il en sera
ainsi de tous les objets que vous voudrez comparer. Dans une réunion
d'hommes quelconque, on n'empêchera jamais qu'il n'y en ait de vieux
et de jeunes, de faibles et de forts,
de malades et de bien portans, de
sots et de spirituels, de lâches et de
courageux : et où sera encore l'égalité entre toutes ces personnes-là ?

Il y a plus maintenant, c'est que
cette inégalité est absolument nécessaire au bonheur public; car, con-
cevez un État où tous les citoyens
seraient égaux en droits, en pouvoir
et en richesses, et dites-moi qui fera
des lois, qui s'y soumettra; qui com-
mandera, qui obéira? sans ces conditions essentielles cependant, où trou-
verez-vous votre sûreté? si votre voi-
sin est plus fort que vous, il vous
égorgera pour avoir votre maison,

et voilà déjà l'égalité des richesses
rompue.

Que voulaient donc alors, que veulent donc aujourd'hui ces prédica-
teurs d'une égalité qui ne saurait
exister? ils voulaient et ils veulent
encore tromper le peuple, à qui ces
réflexions échappent; ils voulaient le
séduire par une promesse qui flattât
son amour propre, et le porter ainsi
à seconder leurs projets. Nous ve-
nons de voir comment ses espérances
ont été déçues sur un premier point,
continuons notre examen, et voyons
comment du moins, en compensa-
tion, il a obtenu cette liberté dont
on lui avait tant vanté les douceurs.

« Depuis 1789, plus de trois cent
mille Français de toutes les classes,
de l'un et de l'autre sexe, ont été
incarcérés ou poursuivis par la révolution. Ceux qui ne l'ont pas été, en

ont éprouvé le danger et la peur.
Ce n'est, en général, qu'en fuyant ou
en se cachant que l'on a pu se pré-
server des recherches et des fureurs
des nombreuses factions qui se sont
successivement élevées sur les ruines
les unes des autres, et toujours *au
nom de la liberté*. Les prisons de la
France ont été long-temps insuffisan-
tes pour y renfermer ses enfans. Depuis qu'elle est devenue *libre*, elle a
vu changer des églises, des monastères, des palais, des colléges, des
hôtels, des châteaux, y compris celui du grand Condé, à Chantilly, en
prisons, en cachots, en maisons d'ar-
rêt et de réclusion. Les routes de la
France, grandes et petites, se sont
couvertes de commissaires, d'agens
des comités et des clubs *jacobins*,
de gendarmes, d'envoyés et d'espions
de la police et des autres autorités,

sans en excepter les municipalités de villages ; ces routes se sont remplies d'armées révolutionnaires et de fédérés, de charrettes et de fourgons de toutes les espèces pour arrêter et traîner dans les prisons pères, mères et enfans, militaires et bourgeois, prêtres et laïcs, hommes et femmes, pauvres et riches, grands seigneurs et artisans, vieillards et adolescens de toutes les classes sans distinction. Les révolutionnaires, pour atteindre plus facilement leurs victimes, forcèrent, en 1793, tous les Français, hommes et femmes, à mettre devant leurs portes un tableau contenant leurs noms, leur âge et leur profession, ajoutant que cela se faisait ainsi à la Chine (1). » Voilà une image fi-

(1) M. Jolly, Mémorial sur la Révolution.

dèle de la liberté que le peuple reçut
de ceux qui l'avaient trompé ! jugez
si sur ce second point il eut plus lieu
de s'applaudir de sa confiance, que
sur le premier.

Passons maintenant à un troisième.
On lui avait encore promis la sûreté
des personnes : « La loi, lui avait-on
dit, doit protéger la liberté indivi-
duelle contre l'oppression de ceux
qui gouvernent. » Ce que je viens de
vous rapporter suffit sans doute pour
vous expliquer comment ces belles
promesses furent remplies ; il me suffira d'ajouter : « Sous le règne de la
terreur, de 1792 à 1794, la France
a vu les échafauds se multiplier dans
plusieurs de ses villes : elle les y a vus
pendant trop long-temps *en perma-
nence*, comme à Paris, où, tous les
jours, excepté le décadi, les comités
de la convention, les clubs et le tri-

bunal révolutionnaire envoyaient à la mort depuis vingt-cinq à trente victimes, jusqu'à soixante-dix, de l'un et de l'autre sexe. Par combien d'autres genres de mort la patrie éplorée n'a-t-elle pas vu périr ses enfans, ses généraux, ses princes même ! Pour en rappeler le souvenir, je vous citerai seulement les bateaux à soupapes, les mariages républicains, ou unions de personnes liées ensemble et jetées dans la mer ; les noyades de Nantes, la glacière d'Avignon remplie de cadavres, les massacres de la Vendée, les fonds de cale encombrés de malheureux prêtres, les mitraillades de Lyon, les fusillades de Quiberon (1). » D'aussi horribles excès vous apprendront assez quelle

(1) M. Jolly. Mémorial sur la Révolution.

était la sûreté des personnes sous le règne des tyrans auxquels la crédulité du peuple avait frayé le chemin au pouvoir.

L'inviolabilité des propriétés n'avait pas moins été garantie ; et cependant « nobles et bourgeois, clergé séculier et régulier, monastères d'hommes et de femmes, hospices et colléges, magistratures et autres offices, corporations et communes, émigrés et déportés, Français cachés ou incarcérés, décapités ou noyés, fusillés ou assassinés d'autre manière, rien n'a été à l'abri des spoliations et des confiscations. Les liens du sang et de l'amitié, ainsi que d'autres non moins sacrés, ont souvent été rompus et quelquefois horriblement souillés par les forfaits d'une impitoyable rapacité. Les asiles mêmes du pauvre, les autels du Dieu de charité n'ont pas été entièrement épargnés.... (1) » Et lorsque le peuple ne trouva plus dans sa misère aucune main secourable pour le soulager, à quel autre put-il s'en prendre qu'à ses nouveaux maîtres qui avaient prodigué pour parvenir au pouvoir, ou qui avaient accaparé pour eux-mêmes tant de richesses dont les premiers propriétaires faisaient un si noble et si généreux usage ?

BLAISE.

Pour ça, c'est bien vrai, car je me rappelle que défunt mon père a souvent regretté qu'on ait détruit c'te riche abbaye qui était à deux lieues d'ici : quand les pauvres n'avaient pas d'ouvrage, ou que l'année était

(1) M. Jolly, Mémorial sur la Révolution.

mauvaise, ils étaient toujours sûrs
d'y trouver des secours ; quand ils
n'ont plus eu c'te ressource-là, ils
n'ont plus su à qui s'adresser, et il
y a eu bien plus de misère qu'aupa-
ravant.

M. Hardouin.

Tel devait être, et tel a été en effet le résultat des crimes de la révolution, et vous conviendrez que
c'est être doublement malheureux de
marcher à la misère par la voie du
crime. En dépouillant et proscrivant
les riches, le peuple s'est privé de
ses protecteurs les plus naturels, et
qui étaient pour lui comme des gre-
niers d'abondance, si je puis me servir de ce terme, auxquels il était
certain de ne s'adresser jamais en
vain dans ses besoins ; l'or qu'ils ont
emporté a appauvri la France ; les

travaux qu'ils n'ont plus fait exécuter, la consommation qu'ils n'ont plus faite, ont détruit le commerce; les impôts de toute nature qu'ils payaient ont manqué au fisc; et lorsque tant de causes eurent produit la misère générale qui devait en être la suite infaillible, il ne s'est plus trouvé une seule main secourable pour assister le pauvre, plus un seul asile public pour recevoir l'infirme, plus un seul ordre religieux pour soigner le malade : pour tout soulagement à l'infortune du peuple, on le débarrassa de ses enfans qu'on envoya périr dans les camps; pour tout remède à ses plaintes, on lui montra l'échafaud; pour toute consolation à ses douleurs, le tombeau...! on ne lui permit même plus d'espérer un sort meilleur dans l'autre monde.

Reprenons maintenant l'examen

que nous avons commencé ; quelque
pénible qu'il soit, je tiens cependant
à vous montrer comment toutes
les espérances du peuples furent
trompées ; en politique comme en
morale, il est bon de se rappeler
quelquefois ses fautes, pour éviter
de retomber dans de pareilles ; vous
avez vu la liberté et la fortune des
particuliers détruites, je veux maintenant vous prouver combien en
même temps la fortune publique fut
dilapidée. « Un déficit de cinquante-
six millions dans la balance de la re-
cette et de la dépense fut l'un des pré-
textes de cette révolution que le peuple trompé a prise pour une *quittance*
générale de toute contribution, et
pour une source inépuisable d'ai-
sance, de richesse et de prospérité.
Les faits l'ont bien désenchanté : il a
vu s'engloutir et se perdre dans les

goufIres de la révolution deux ou
trois milliards de biens enlevés au
clergé, d'immenses propriétés con-
fisquées sur les nobles et autres Français de toute condition, émigrés,
bannis ou mis à mort; plus de sept
milliards d'assignats, deux milliards
d'emprunt forcé, environ deux milliards quatre cents millions de promesses de mandats, et une banqueroute de dix-huit cents millions, qui
a réduit beaucoup de rentiers à l'in-
digence (1). » Malgré toutes ces per-
tes, les impôts qui n'étaient, au com-
mencement de la révolution, que de
cinq cents millions, sont montés progressivement, au point que sous Bo-
naparte ils étaient parvenus à la
somme incroyable de quinze cents

(1) M. Jolly, Mémorial sur la Révolution.

millions. Depuis que la France est rentrée sous l'autorité de ses rois légitimes, ces mêmes impôts, malgré les charges extraordinaires de l'occupation, malgré les dettes énormes laissées par le gouvernement précédent, et auxquelles un roi qui ne sait pas faire banqueroute a voulu satisfaire, sont progressivement diminués, et déjà ils ont éprouvé une réduction de cinq cents millions. Cependant ces mêmes hommes, ces mêmes amis du peuple, si on veut les en croire, qui se gardaient bien de rien dire quand on prélevait sur lui quinze cents millions, parce qu'ils en avaient leur bonne part, font aujourd'hui métier de crier à tort et à travers contre un budget ainsi diminué, et qui le serait encore bien plus, si leur constante opposition ne créait à chaque instant de nouvelles difficultés au gouvernement. D'après ce seul rapprochement, jugez de leur bonne foi et de leurs intentions.

Vous dirai-je maintenant, et pour terminer, comment le libre exercice de tous les cultes, garanti cependant par la constitution, fut protégé par ceux qui l'avaient promis et assuré? Hélas! vous ne le savez que trop, et je n'ai pas besoin sans doute de vous rappeler nos églises fermées, pillées ou démolies; vous avez encore présentes à la mémoire les persécutions en tous genres exercées contre les vrais catholiques, prêtres ou laïcs.

PIERRE.

Je ne me le rappelle que trop; j'avais un frère qui était prêtre, et qu'ils ont fait mourir; c'était cependant un bien brave homme qui

5

donnait aux pauvres tout ce qu'il avait.

M. HARDOUIN.

Et combien d'autres que vous pleurent également encore la mort d'un père, d'un fils, d'un parent, d'un ami ? Ils sont rares ceux que la révolution n'a atteints, ni dans leurs biens, ni dans leurs personnes, ni dans celle de leurs amis : ses auteurs eux-mêmes en ont été les premières victimes. « Où sont les premières gardes nationales, les premiers soldats, les premiers généraux qui prêtèrent serment à la nation ? où sont les chefs, les idoles de cette première assemblée si coupable, pour qui l'épithète de *constituante* sera une épigramme éternelle ? où est Mirabeau ? où est Bailly avec son *beau jour ?* où est Thouret qui inventa le mot *ex-*

proprier? où est Osselin, le rapporteur de la première loi qui proscrivit les émigrés ? On nommerait par milliers les instrumens actifs de la révolution, qui ont péri d'une mort violente. » Et cette assemblée de régicides qui voulaient détruire tous les rois de l'Europe, qu'est-elle devenue ? après quelques jours d'un succès obtenu par tant de crimes, plus des trois quarts de ses membres ont péri par la main du bourreau, ou par tout autre genre de mort non moins déplorable; ceux qui ont survécu, bannis de leur patrie, mendient aujourd'hui un asile chez ces mêmes puissances dont ils avaient conspiré la ruine. Enfin, « combien de missionnaires de la révolution, dont la fortune et le sort furent souvent enviés et exaltés, sont déjà morts insolvables ? » Rarement, mon ami, le

crime profite à son auteur ; si nous
n'en avions déjà eu mille et mille
exemples, la révolution seule suffi-
rait pour nous confirmer cette vérité.

BERNARD.

Mais c'est justement parce qu'on
sait qu'il n'y a rien à gagner pour
personne dans une révolution, que
je dis que nous n'en avons pas à
craindre, et que nous ne pouvons
espérer, de tout ce qui vous fait tant
peur, que quelques changemens fa-
vorables.

M. HARDOUIN.

Cette vérité était connue bien avant
le dernier exemple que nous en avons
eu : elle ne l'a pas empêché cependant, et elle n'en empêchera pas
plus un nouveau. Dès que l'homme,
en effet, est une fois sorti de l'ordre,

et il en sort chaque fois qu'il méconnaît l'autorité qui a pouvoir sur lui, chaque fois qu'il substitue son intérêt particulier à l'intérêt général, il entre nécessairement sous l'empire des passions, et comme celles-ci ne connaissent ni règles, ni frein, comme elles sont essentiellement violentes, elles entraînent le malheureux qui s'en laisse dominer bien au-delà de toutes les bornes de la raison; voilà pourquoi la prudence humaine ne peut rien dans les temps de révolution; tout y flotte incertain au gré des passions soulevées de la multitude. Jamais ceux qui ont commencé la nôtre n'avaient eu l'intention d'établir le gouvernement révolutionnaire et le régime de la terreur; ces sanglantes monstruosités sont nées insensiblement de circonstances qu'ils n'ont pu maîtriser; de même que ceux qui en

méditent une nouvelle aujourd'hui, la
verraient bientôt dépasser toutes les
bornes qu'ils lui auraient fixées, et
attireraient ainsi pour une seconde
fois sur la France une foule de maux
qu'il ne serait plus alors en leur puissance d'arrêter, et dont eux-mêmes,
comme l'expérience le prouve encore,
seraient les premières victimes.

Voulez-vous que, pour achever
de vous désabuser, je vous fasse une
comparaison qui me paraît bien vraie?
écoutez celle-ci. Il en est d'un homme
qui, pour un intérêt particulier, soit
de haine, soit d'ambition, soit de
vengeance, soit d'amour propre, soit
même d'amour mal entendu du bien
public, croit pouvoir faire dans son
pays une révolution qui n'aura d'autre résultat que celui qu'il désire,
comme de celui qui, riverain d'un
fleuve immense contenu par de fortes

digues, voudrait y faire une légère
ouverture pour arroser ses terres
desséchées ; l'action constante de
l'eau aura bientôt agrandi cette ouverture ; un éboulement amènera un
autre éboulement ; insensiblement ce
qui n'était d'abord qu'un simple
ruisseau deviendra un flot impétueux
dont la violence entraînera tout ce
qui s'oppose à son passage ; la digue
sera entièrement rompue, et le fleuve
débordé inondera au loin les cam-
pagnes, portant partout la mort et
l'épouvante.

Ce fleuve, mon ami, ce sont les
passions publiques qui, fortement
contenues dans de justes bornes, sont
utiles au bien général ; cette digue
qui les contient, et dont la force est
si nécessaire, c'est l'autorité royale ;
cet imprudent qui, pour son intérêt
particulier, fait une légère ouverture

à la digue, c'est ce factieux qui, pour satisfaire une passion quelconque, porte atteinte à l'autorité royale dans l'une de ses prérogatives; ces champs inondés et ravagés par l'anéantissement de la digue, c'est la patrie, en proie à l'anarchie des factions, après la chute du gouvernement légitime.

BERNARD.

D'après ce que vous dites, il ne faudrait jamais chercher son mieux.

M. HARDOUIN.

Jamais, du moins, que par des voies légitimes; car vous avez beau faire et beau vous flatter, toute autre voie ne saurait produire que le désordre et le crime : il ne doit plus maintenant vous rester de doute sur cette vérité. D'ailleurs retenez bien ceci, mes amis. Un roi qui a tout à gagner en rendant son peuple heureux, et qui ne peut que perdre en le rendant malheureux, me paraîtra toujours mériter ma confiance beaucoup plus qu'un inconnu dont j'ignore les intentions cachées, et dont les intérêts sont souvent opposés à ceux du public.

BERNARD.

Sans doute, mais enfin, tel bon qu'il soit, un roi peut se tromper; d'ailleurs il ne fait pas tout lui-même; il a des ministres qui n'ont pas toujours le même intérêt que lui.

M. HARDOUIN.

Mais si un roi, environné dans son conseil de tout ce que l'élite de la nation offre d'hommes le plus capables, peut cependant se tromper; si un ministre intéressé à la prospérité publique par son honneur, par sa réputation, par sa fortune, peut cependant prévariquer, comment espérez-vous qu'un simple particulier qui n'aura pas les mêmes lumières, qui ne sera pas retenu par d'aussi puissans motifs, ne se trompera pas, ou ne trompera jamais ? erreur pour erreur, et j'en ai certainement beaucoup moins à craindre dans mon système que dans le vôtre, j'aime mieux celles qui se seront commises sans troubler l'ordre, parce que l'expérience ne tardera pas à les faire reconnaître, et qu'il sera toujours facile d'y remédier.

PIERRE.

Quant à moi, je demeure d'accord à présent de tout ce que M. Hardouin nous a dit, et puisqu'il y a tout à craindre des libéraux, celui qui m'a fait solliciter, peut bien s'aller promener, je ne nommerai qu'un homme *que je connaîtrai par moi-même, ou qui me sera désigné par quelqu'un qui mérite toute ma confiance, comme vraiment religieux et royaliste.*

M. HARDOUIN.

Je vous félicite de cette résolution, mon ami; c'est la seule manière d'avoir votre conscience en repos; quoi qu'il puisse arriver ensuite, vous pourrez vous rendre le consolant témoignage d'avoir fait tout ce qui était en votre pouvoir pour le bien de votre pays.

TROISIÈME SOIRÉE.

PIERRE.

Monsieur, vous avez eu beau jeu, pour battre les libéraux, avec nous qui ne sommes que des ignorans; mais il m'est arrivé aujourd'hui un neveu qui a fait ses études à la ville, et qui y va encore souvent ; je lui ai conté tout ce que vous nous avez dit , et il prétend que s'il avait été là, il aurait bien su répondre à toutes vos raisons : je lui ai proposé de venir avec nous ce soir, et il a accepté la partie ; si vous pouvez le réduire au silence, ma foi, je dirai que c'est fini, que les libéraux sont flambés, et de ma vie je n'en écouterai plus un seul.

M. Hardouin.

Vraiment, Pierre, c'est un défi que vous me portez ; hé bien, quoique je ne sois pas un savant, ma cause est si bonne, que je l'accepte ; votre neveu d'abord convient-il de la vérité de tout ce que je vous ai dit dans nos deux dernières soirées ?

Fleury.

Oui et non ; car, d'après tout ce que mon oncle m'a rapporté, je vois que vous avez attaqué les libéraux d'après leur conduite, mais vous n'avez pas du tout prouvé que leurs principes fussent faux, et ce ne sont que ceux-ci que je défends ; tous les jours on voit un homme qui pense bien et qui agit mal.

M. Hardouin.

J'en tombe d'accord avec vous ; mais cependant quand on voit des principes qui n'ont jamais amené que de mauvais résultats., c'est au moins un grand indice , pour ne pas dire une certitude, qu'ils ont en eux quelque chose de faux et de dangereux.

FLEURY.

Ces mauvais résultats que vous leur reprochez sont la faute des hommes et non pas des principes.

M. HARDOUIN.

Cette manière d'excuser les derniers aux dépens des premiers est commode; elle convient parfaitement à ceux qui l'emploient, car les hommes passent, et les principes restent; mais pour qu'elle signifiât quelque chose, il faudrait au moins donner un exemple de la possibilité des bons effets de ceux-ci, et jusqu'à ce moment nous n'en avons eu que de contraires : l'Angleterre, la France, l'Espagne, l'Italie et le Portugal en sont des témoins irrécusables ; chaque fois qu'on a voulu y mettre ces doctrines en pratique, la nation a souffert, le peuple a été opprimé, la richesse publique a été détruite, le sang a coulé à grands flots.

FLEURY.

Tout ce que vous dites là prouve qu'on s'y est mal pris, mais rien de plus.

M. HARDOUIN.

Mais réussira-t-on mieux dans une nouvelle épreuve ?

FLEURY.

Il faut l'espérer.

M. HARDOUIN.

Et moi, je vous dis d'avance que

non. Songez donc, monsieur Fleury, que ce n'est pas sur des anges que ces principes sont appelés à agir, mais sur des hommes, c'est-à-dire sur des êtres sujets à une infinité de caprices, d'erreurs, de vices et de passions; si nous étions tels que toutes les belles théories des libéraux nous supposent, hé, mon Dieu! nous n'aurions besoin ni de lois, ni de constitution, ni même de gouvernement; la raison réglerait toutes nos actions, et tout serait pour le mieux dans le meilleur des mondes possible; mais comme malheureusement nous ne sommes pas ainsi faits, il nous faut un gouvernement approprié à notre nature, et voilà pourquoi les principes libéraux qui favorisent, au lieu de réprimer nos mauvais penchans, ont été et seront toujours funestes aux peuples qui voudront en faire la base de leur système politique.

FLEURY.

Vous détournez la question ; vous en revenez toujours aux abus qu'on a faits, et qu'on peut faire encore de ces principes ; mais ce n'est pas de ça qu'il s'agit ; sont-ils vrais ou sont-ils faux ? voilà tout ce que nous avons à traiter, le reste ira tout seul après ; s'ils sont faux, nous les abandonnerons ; s'ils sont vrais, alors, comme la vérité ne peut jamais être nuisible aux hommes, il s'ensuivra que nous devons chercher à la faire triompher pour le bonheur du genre humain, sans nous embarrasser des fautes qu'on a pu commettre jusqu'à présent, autrement que pour tâcher de n'y pas retomber.

6

M. Hardouin.

Je ne me suis pas écarté de la question ; j'ai seulement voulu vous démontrer qu'il existait dans ces principes un premier vice, celui de l'impossibilité de leur heureuse application, et je n'ai eu pour cela qu'à en appeler à l'expérience, qui est le meilleur de tous les raisonnemens : maintenant, et quoique toute autre discussion soit devenue totalement superflue, puisque nous n'avons plus à disputer que sur une chose reconnue impraticable, je suis cependant prêt à vous prouver en détail la fausseté de chacun de ces principes auxquels vous attachez le bonheur du genre humain ; ces nouvelles explications d'ailleurs ne pourront que confirmer ce que je vous ait dit sur leur application.

Fleury.

Oui, mais vous n'en êtes pas encore là, et vous avez même bien du chemin à faire avant d'y arriver ; car je ne suis pas du tout disposé à abandonner les droits que la nature m'a conférés.

M. Hardouin.

Il faut pourtant vous résigner à ce malheur, ou aller vivre dans quelque désert ; là seulement vous pourrez jouir de tous ces précieux droits que la nature vous a conférés ; vous n'y reconnaîtrez pas de supérieurs , vous pourrez prendre tout ce qui vous tombera sous la main, vous pourrez aller où il vous plaira, faire tout ce que vous voudrez ; mais prenez garde que d'autres personnes ne viennent dans ce même désert pour jouir des mêmes droits ; car comme ils

seront tout-à-fait égaux aux vôtres,
si par malheur quelques-unes de ces
personnes sont plus fortes que vous,
elles vous empêcheront de prendre ce
fruit qui vous plaira, et auquel vous
n'aurez pas plus de droits qu'elles.
Elles s'empareront des endroits les
plus fertiles en gibier, ou les plus
propres à la culture, que vous n'aurez pas plus de droits qu'elles d'ex-
ploiter ; elles prendront tout ce qu'il
y aura de meilleur, et ne vous lais-
seront que ce qui leur sera inutile.

Si cette épreuve de vos droits naturels ne vous convient pas, hé bien,
vous reviendrez parmi nous, et vous
reprendrez la jouissance de vos *droits
sociaux*.

Ne confondez donc pas, monsieur
Fleury, les uns avec les autres, et reconnaissez que ce que vous appelez
droits naturels, étant nécessairement

égal entre tous, doit nécessairement aussi se terminer par l'*horrible droit du plus fort.*

C'est pour éviter les désastreuses conséquences de celui-ci que, depuis le sauvage des contrées les plus reculées du Nouveau-Monde jusqu'aux nations les plus policées de l'Europe, tous ont sacrifié une partie plus ou moins grande de leurs *droits naturels* pour vivre sous la sauve-garde des *droits sociaux ;* et plus ceux-ci ont acquis de force aux dépens de ceux-là, plus les peuples ont augmenté en puissance, en force, en gloire et en bonheur. Sous le règne de la terreur, il n'y avait plus de *droits sociaux* en France, c'étaient les *droits naturels* qui dominaient ; tous les hommes étaient déclarés égaux, plus de distinctions, plus de priviléges ; le savetier avait sa part dans le gouvernement comme le législateur ; assis sur sa sellette, il tutoyait fièrement le premier magistrat de la République ; la liberté était proclamée, l'encens fumait partout sur ses autels ; le peuple avait reconquis ses droits, c'était en son nom qu'on rendait les lois, qu'on décrétait la guerre, qu'on accordait la paix ; aujourd'hui les *droits sociaux* ont repris leur empire : comparez le bonheur public à chacune de ces deux époques, et appréciant de combien auraient encore augmenté nos maux pendant la première, si un vieux reste d'habitude n'avait adouci la férocité des nouvelles mœurs que nous inspiraient nos nouveaux droits, jugez combien doit être grande la perfidie ou l'ignorance de ces hommes qui, pour nous conduire, disent-ils, à une civilisation plus parfaite, proclament des principes contre lesquels

les sauvages les plus barbares eux-
mêmes ont cru devoir prendre des
garanties.

FLEURY.

Je sais bien que les hommes, en se
réunissant en société, ont abandonné
une partie de leurs droits pour conserver l'autre plus sûrement sous la
protection des lois ; aussi ce n'est que
pour cette dernière que les libéraux
réclament ; ils n'ont pas la prétention de conserver sous un gouvernement la liberté de tout dire et de tout
faire, comme s'ils vivaient isolés dans
un pays désert, où ils ne devraient
compte de leurs actions à personne ;
mais ce qu'ils veulent, c'est le maintien des conditions auxquelles ils
ont engagé leur liberté.

M. HARDOUIN.

Et quelles sont-elles ces conditions?

FLEURY.

La première de toutes, et l'on pourrait même dire la seule, puisqu'elle comprend toutes les autres, c'est d'être gouvernés sagement, et d'une manière conforme à l'intérêt général.

M. HARDOUIN.

Et qui sera le juge de la sagesse du gouvernement ?

FLEURY.

La société tout entière.

M. HARDOUIN.

Mais la société se compose d'hommes, de femmes, d'enfans, de vieillards, de savans, d'ignorans, de riches, de pauvres ; l'intérêt de chacun de ces états est différent, et il leur sera bien difficile, pour ne pas dire impossible, de s'accorder jamais sur l'intérêt général.

FLEURY.

Ce sera alors l'opinion de la classe la plus nombreuse qui l'emportera.

M. HARDOUIN.

Mais cette classe la plus nombreuse, qui est incontestablement celle des pauvres, n'a aucune instruction, aucune connaissance; comment voulez-vous qu'elle puisse juger de la sagesse du gouvernement?

FLEURY.

Il ne faut pas tant de talent pour cela; chacun sait bien quand il est heureux ou malheureux.

M. HARDOUIN.

De sorte que tout homme qui se trouvera dans le malheur, pourra s'en prendre avec justice au gouvernement?

FLEURY.

Non, il faut, pour que le gouvernement soit coupable, qu'il y ait plus de malheureux que d'heureux.

M. HARDOUIN.

Mais qui en fera le dénombrement? le compte serait un peu long à établir.

FLEURY.

Sans doute, s'il fallait le faire un à un ; mais on voit bien en gros quand le peuple souffre, quand le commerce ne va pas, quand les impôts sont trop élevés, quand les lois sont mal exécutées.

M. HARDOUIN.

Ce n'est pas si facile que vous le pensez; le peuple que vous établissez seul juge du gouvernement, et même beaucoup d'autres personnes, dans des classes supérieures, ne voient que ce qui se passe sous leurs yeux et à leur portée, et ce n'est pas ainsi qu'on peut juger de la situation générale.

FLEURY.

Mais les journaux ne sont-ils pas là pour instruire de tout ce qui se dit et de tout ce qui se fait ?

M. HARDOUIN.

Quand vous m'aurez prouvé que toutes les nouvelles des journaux sont vraies, que toutes leurs réflexions sont justes et sages, uniquement dictées par l'amour du bien public, je pourrai convenir que ce moyen de publicité a quelque valeur dans certaines circonstances : mais jusqu'à cette preuve, et vous n'êtes pas prêt à me la fournir, je le regarderai comme beaucoup plus nuisible qu'u-

tile, parce qu'il est une source continuelle d'erreurs et de faux juge-
mens ; parce qu'il s'oppose à la paix
et à l'union entre les citoyens, au mi-
lieu desquels il jette sans cesse des
semences de discorde ; parce qu'enfin
il est un obstacle à l'action salutaire
du gouvernement dont il entrave la
marche par ses insinuations perfides,
par ses récits mensongers, par ses
déclamations furibondes, par ses attaques inconsidérées.

FLEURY.

Je conviens bien avec vous qu'ils
se trompent quelquefois, et qu'ils ne
sont pas toujours étrangers à l'esprit
de parti ; mais on n'est pas des imbéciles, et on sait bien juger ce qu'il
faut en prendre et en laisser.

M. HARDOUIN.

J'aime à vous croire beaucoup d'es-

prit, monsieur Fleury ; je vous croi-
rai même, si vous voulez, tout celui
nécessaire pour démêler constamment le faux du vrai, dans des articles rédigés avec art et dans l'intention de séduire ; mais cet esprit, je
ne puis l'accorder de même à tout le
monde, encore bien moins à ceux
que vous reconnaissez pour juges
du gouvernement. Vous conviendrez
qu'il y aurait de la dérision à pré-
tendre que tous les hommes du peuple, c'est-à-dire tous les ouvriers
maçons, charpentiers, tailleurs, cor-
donniers, savetiers, chiffonniers ; que
tous les valets de charrue, tous les
garçons de ferme, tous les gardeurs
de porcs, de vaches et de moutons,
et tous ceux de tant d'autres conditions, sont capables de discuter sage-
ment un article de journal : cependant, si vous m'avouez cette vérité,

comme je vous défie bien de me la
contester, alors ils n'auront plus la
ressource des journaux pour connaître l'état général de la nation ; ils
ne le connaîtront pas par eux-mêmes ; et comment pourront-ils juger
s'ils sont gouvernés d'une manière
conforme à la première condition à
laquelle vous prétendez qu'ils ont engagé leur liberté, c'est-à-dire d'une
manière sage, et convenable à l'intérêt général ?

FLEURY.

Je vois bien votre malice ; vous ne
parlez que des dernières classes du
peuple pour vous donner plus beau
jeu ; mais au lieu de tous ces gens sans
instruction, mettez de bons fermiers,
de bons marchands, de bons fabricans, et tout ce que vous venez de
dire n'aura plus lieu.

M. Hardouin.

Mais vraiment, vous leur faites là un cadeau dont ils ne vous sauraient sans doute pas bon gré; quoi! vous les rangez parmi ce qu'on appelle le peuple ? Mais n'importe, j'accepte toutes vos suppositions; c'est donc à ceux-ci que vous donnez le droit de juger si le gouvernement remplit les conditions auxquelles vous prétendez que ses sujets lui ont promis l'obéissance?

Fleury.

Oui, sans doute.

M. Hardouin.

Vous êtes en contradiction avec ce que vous disiez tout-à-l'heure, que ce serait la classe la plus nombreuse qui déciderait; car il y a incontestablement plus de domestiques que de maîtres, plus d'ouvriers que de fabricans, ou, si vous aimez mieux, pour comprendre tout d'un seul mot, plus de gens qui travaillent, que de gens qui font travailler. Mais puisque ce n'est plus à la majorité que vous accordez le droit de juger le gouvernement, pourquoi le donner à la classe moyenne, de préférence à la classe supérieure, qui a encore plus de talens, plus de lumières, plus d'instruction, plus d'expérience, et surtout plus de temps pour s'occuper de ce soin ?

THOMAS.

Ah, ma foi, pour le coup, v'là monsieur Fleury pris, il aura du mal à se tirer de là.

PIERRE.

Un moment; tu vois bien qu'il cherche ce qu'il aura à répondre; c'est que M. Hardouin le presse de joliment près.

THOMAS.

Il n'y est plus, je te dis, c'est fini de lui.

M. HARDOUIN.

Reconnaissez-le, M. Fleury, cette prétention de rendre la multitude juge du gouvernement, ce qui reviendrait au même que de la déclarer souveraine, est totalement inadmissible ; et remerciez-en le Ciel, car si elle était fondée, il vaudrait mieux pour vous vivre seul dans une forêt, que sujet du meilleur des gouvernemens.

FLEURY.

Comment donc entendez-vous cela ?

M. HARDOUIN.

Parce que dans l'impossibilité,

7

comme je vous l'ai prouvé, où serait le peuple d'exercer lui-même son pouvoir, mille intrigans viendraient spéculer sur son ignorance, soulèveraient ses passions, armeraient ses bras, et amèneraient ainsi chaque jour de nouvelles révolutions.

FLEURY.

Toutes ces raisons-là ne signifient rien ; je défie bien qu'on fasse croire à quelqu'un qui se trouve heureux, qu'il est malheureux.

M. HARDOUIN.

La chose n'est pas aussi difficile que vous le pensez ; et quand elle le serait, il resterait encore la ressource de lui faire croire qu'il n'est pas aussi heureux qu'il le mérite et qu'il peut le devenir ; d'ailleurs, il y a toujours dans un État des individus qui sont réellement, ou qui se croient malheureux, et ceux-là seront d'autant plus faciles à enflammer, d'autant plus prompts à se porter à tous les excès, qu'ils n'auront rien à perdre, et tout à gagner.

FLEURY.

A vous entendre, il faudrait que le peuple souffrît patiemment tous les maux dont un gouvernement voudrait l'accabler; cependant ce ne sont certainement pas là les conditions qu'il a faites, lorsqu'il a juré obéissance.

M. HARDOUIN.

Voilà d'où vient votre erreur, M. Fleury, c'est que vous supposez un contrat primitif, ou des conditions qui n'ont jamais existé. Puisque vous avez de l'instruction, vous pouvez consulter l'histoire, elle ne vous montrera nulle part la tradition de ce

contrat. Recherchez toutes les con-
stitutions politiques, vous trouverez
que toutes ont des antécédens qui at-
testent l'existence d'un pouvoir anté-
rieur. Louis XVIII était déjà roi de
France lorsqu'il a consenti à nous
donner la Charte dans laquelle il a
lui-même, et volontairement, modéré
son autorité.

Mais sans tous ces frais d'érudi-
tion, un seul raisonnement suffira
pour vous en convaincre : c'est que
l'autorité a dû nécessairement toujours précéder l'obéissance, car autrement il n'y aurait pas eu conser-
vation pour un seul instant. Supposez
que dans une ville comme Paris, on
vienne dire un beau jour : « Il n'y a
plus de lois, tout est permis ; tuez,
pillez, volez, assassinez, prenez tout
ce qui vous plaira, ce sera bien fait ;
tant mieux pour celui qui aura le plus

volé, il sera le plus riche. » Croyez-vous que, sous un pareil régime, Paris subsisterait seulement un an? Non certainement; tout au plus y resterait-il quelques voleurs qui s'égorgeraient l'un l'autre. Vous voyez donc, d'après cet exemple, que, pour qu'une ville, pour qu'un peuple, pour qu'une nation subsistent, il leur faut, non-seulement une autorité qui les gouverne, mais il faut encore que cette autorité ait précédé leur existence qui n'aurait pu avoir lieu sans elle, puisque partout où elle ne se trouve pas, il n'y a que la confusion, le désordre et la mort; toutes choses qui ne donnent pas naissance aux empires.

Au lieu de toutes ces vaines théories dont l'histoire et la raison démontrent l'absurdité, remontez, M. Fleury, le flambeau de la religion à la main, jusqu'à la source de l'or-

dre social, et vous verrez que Dieu,
en créant le premier homme, avait
déjà établi les règles de la sociabilité,
alors même qu'elle n'existait pas encore ; par l'effet immédiat de sa gé-
nération, il a donné au chef de chaque
branche du genre humain les droits
de propriété indispensables pour gouverner ses descendans. De la pri-
mauté de naissance est sortie toute
faite l'autorité souveraine, qui, loin
de découler des peuples, les a pré-
cédés tous. C'est ainsi que le gouvernement patriarcal a préparé l'éta-
blissement des monarchies. « D'abord
les familles vivant isolées les unes des
autres, chacune d'elles était gouver-
née par son chef : plus tard, ces familles s'étant rapprochées, quelques-unes d'entre elles prirent de
l'influence et de l'ascendant sur les
autres, et se trouvèrent naturelle-

ment investies du pouvoir. Ce pouvoir put rester divisé dans les réunions peu nombreuses ; mais, dans les grandes populations, il se concentra chez une seule famille, soit par conquête, soit par l'assentiment des autres familles puissantes (1). »

FLEURY.

Vous voyez donc bien qu'il y a eu un consentement des autres, vous le dites vous-même ; hé bien, c'est en échange de ce consentement qu'aura été fait le contrat dont je vous parle.

M. HARDOUIN.

J'ai dit, *soit par conquête, soit par l'assentiment des autres familles puissantes* ; si c'a été par conquête, il n'y a pas eu de contrat ; le vainqueur ne

(1) De la Charte selon la monarchie, page 29.

reçoit pas la loi du vaincu; si c'a été par l'assentiment des autres familles puissantes, ce pouvoir existait donc déjà, puisque ces familles ont transféré à une seule celui dont elles étaient en possession, et qui n'a ainsi que changé de main, mais qui n'a pas été créé.

FLEURY.

Mais avec toutes ces belles phrases, vous livrez les peuples pieds et mains liés aux rois qui vont pouvoir les tyranniser tout à leur aise. Cependant, il est un fait constant, c'est que les peuples ne sont pas faits pour les rois, mais les rois pour les peuples.

M. HARDOUIN.

Dites-moi, M. Fleury, est-ce le maître d'école de ce village qui est fait pour les enfans qu'on y envoie, ou ces enfans qui sont faits pour le maître d'école ?

FLEURY.

Belle demande ! c'est certainement celui-ci qui est fait pour les enfans.

M. HARDOUIN.

Et cependant oseriez-vous dire que les enfans ont le droit de se révolter contre leur maître, quand celui-ci ne les mène pas à leur gré ? Il en est de même des rois ; ils sont placés par Dieu sur les peuples pour les gouverner, comme le maître d'école est placé par le village pour instruire les enfans. Des deux côtés l'obéissance est également de rigueur ; c'est elle seule qui donne au souverain et au maître d'école les moyens de remplir les devoirs qui leur sont imposés; ébranlez-la, vous n'avez plus que confusion et anarchie.

FLEURY.

Si tous les rois gouvernaient sagement, à la bonne heure; mais on n'en a vu que trop qui ont fait le malheur de leurs peuples.

M. HARDOUIN.

L'histoire, il est vrai, nous en montre plusieurs qui ont eu de grands vices et de grands défauts ; mais si on excepte quelques monstres, en très-petit nombre, et qui n'appartenaient pas à la religion chrétienne, on n'en pourra pas citer un seul qui, je ne dis pas, se soit fait un plaisir du malheur de ses peuples, mais qui même y ait été totalement indifférent, et l'ait regardé comme une chose tout-à-fait étrangère à ses soins. Un certain nombre se sont trompés sur les

moyens de procurer le bonheur de
leurs sujets, et leur erreur a été ac-
compagnée ou suivie dé grandes ca-
lamités; mais que ceux-ci se soient
révoltés, et qu'ils aient changé de
maîtres, car en définitive, voilà à
quoi aboutissent toutes les révolutions, en auraient-ils trouvé d'autres
plus à l'abri de l'erreur? un ange se-
rait-il descendu du ciel pour les gouverner? Non sans doute, et ces peuples eussent souffert gratuitement
tous les maux inséparables de leur
révolte; car une révolution qui dé-
place toutes les fortunes, qui froisse
tous les intérêts, qui encourage toutes
les ambitions, qui excite toutes les
passions, ne se fait jamais sans que de
grands crimes ne soient commis, sans
que de grands malheurs publics et
privés ne soient éprouvés. Qu'on rêve
tant qu'on voudra des révolutions

paisibles, la possibilité n'en existera jamais que dans la bouche de nos modernes sophistes, ou dans la tête des sots. On n'en a pas encore vu, on n'en verra jamais.

J'avouerai donc avec vous la possibilité d'un mauvais gouvernement; mais je n'en tirerai pas la même conclusion que vous, et je me bornerai à dire : un bon roi qui se trompe peut reconnaître son erreur, et il la corrigera; un mauvais roi qui y persistera n'est pas immortel, son successeur pourra réparer ses fautes; ce n'est qu'un mal passager auquel il faut me soumettre, et que j'augmenterais infailliblement si je voulais lui résister ouvertement et avec violence.

FLEURY.

Voilà une doctrine bien commode pour les gouvernemens ! de cette manière, nous ne sommes plus que de vils troupeaux qu'ils mènent à leur gré.

M. HARDOUIN.

Pour ceux qui sont disposés à se payer de mots, ces grandes phrases-là sont bonnes; c'est avec elles que les factieux de tous les temps ont soulevé les peuples et les ont précipités dans d'épouvantables abîmes de maux; mais elles sont bien vides de raison pour celui qui veut les approfondir. Dites-moi, M. Fleury, êtes-vous disposé à sacrifier le bonheur de toute votre vie à votre amour propre.

FLEURY.

Je ne suis pas assez bête pour cela.

M. HARDOUIN.

Hé bien, dites donc avec moi:

« Puisque c'est mon bonheur que je veux avant tout, il m'importe essentiellement de savoir où je le trouverai ; sera-ce dans une société sans gouvernement, où tout serait permis, où mes propriétés seraient à la disposition du premier venu qui serait assez fort pour m'en expulser, où le fruit de mes peines me serait injustement retenu par celui qui m'aurait employé, où ma vie elle-même serait compromise à tout moment ? Non certainement. Le trouverai-je davantage sous un gouvernement soumis au contrôle de tous les citoyens, et révocable à leur volonté ? Nullement : car alors ce gouvernement continuellement attaqué consumerait à se défendre les efforts qu'autrement il eût employés à me rendre heureux ; quelque pures que soient ses intentions, quelque sages que soient ses vues,

quelque excellente que soit son administration, il y aura toujours des ambitieux qui chercheront à le renverser pour s'en emparer à leur profit,
et ceux-ci ne manqueront jamais, ni
de dupes pour croire à leurs accusations, ni de scélérats pour les seconder, ni d'indifférens ou de lâches pour
les laisser faire; ce ne seront donc
des deux côtés que brigues et que
cabales, que ruses, que déceptions,
qu'intrigues, qu'artifices : encore, si
la victoire restée à l'un des deux me
laissait tranquille ensuite! mais il n'en
sera pas ainsi; si le gouvernement
succombe, ses vainqueurs seront à
leur tour attaqués par de nouveaux
prétendans; s'il triomphe, de nouveaux ennemis surgiront après la
défaite des premiers, qui viendront
à leur tour recommencer, pour la
société, la même série de malheurs

qu'elle vient de parcourir, et dans cette continuelle succession de triomphes et de défaites, d'attaques et de défenses, pas un seul jour de bonheur, pas un seul instant de repos. » Voilà pourtant, M. Fleury, où mènent directement ces belles maximes dont vous paraissez si enthousiaste ! Oh ! qu'ils sont criminels ceux qui se jouent ainsi de la crédulité des peuples pour le succès de leur coupable ambition !

FLEURY.

C'est donc un gouvernement absolu que vous voulez.

M. HARDOUIN.

Si tel était le nôtre, je vous dirais : « C'est celui-là que je veux ; » car je ne connais pas de plus grand malheur pour un peuple, que celui de changer un gouvernement éprouvé par l'expérience ; on sait ce qu'on a, on ne sait pas ce qu'on aura, et de tels changemens ne se font jamais sans des commotions qui amènent des maux beaucoup plus grands que les biens qu'on en attend ; mais nous en avons un autre que nous tenons de la concession de nos rois ; ils ont juré de le maintenir, nous avons juré de le conserver, et je dis anathême à celui qui tenterait de le détruire.

FLEURY.

Mais c'est aussi son maintien que demandent les libéraux contre lesquels vous vous élevez si fort.

M. HARDOUIN.

Qu'ils cessent donc d'entraver sa marche par leurs prétentions exagérées, par leurs insinuations perfides, par leurs calomnies atroces et

8

par les difficultés sans nombre qu'ils
lui suscitent ; qu'ils cessent d'ap-
puyer toutes les révoltes, de soutenir
toutes les séditions ; qu'ils travaillent
à lui donner la force nécessaire, au
lieu de chercher constamment à pa-
ralyser son action ; qu'ils ne fassent
plus nommer de régicides parmi les
représentans de la nation ; qu'ils
n'aient plus de *répugnance* pour la
famille de nos rois; qu'ils ne proclament plus des principes destructifs
de tout ordre; qu'ils respectent la religion de l'État; qu'ils ne décréditent
pas ses ministres; alors, mais seulement alors, les honnêtes gens pourront croire à la sincérité de leurs pa-
roles.

FLEURY.

Tout ce que vous leur reprochez
là n'est qu'une opposition permise et

même nécessaire dans un gouvernement représentatif comme le nôtre,

M. HARDOUIN.

Ne vous y trompez pas, M. Fleury ;
pour qu'une opposition soit utile au
pays, il faut que ses motifs soient ba-
sés sur le juste et sur l'honnête ; il
faut que ses raisons soient évidentes,
sages et mesurées ; que ses critiques
soient impartiales, et surtout qu'elle
n'ait point d'arrière-pensée, autrement elle n'est pas une opposition,
elle est une faction.

FLEURY.

Mais comment voulez-vous qu'on
sache cela ?

M. HARDOUIN.

On le saura quand on verra qu'elle
ne cherche partout qu'à blâmer le
pouvoir et à lui susciter des embar-

ras; quand ses discours seront rem-
plis de fiel et d'amertume, que les
subtilités et les injures y remplace-
ront la raison; quand elle comptera
dans ses rangs et parmi ses principaux chefs des hommes qui, par leurs
antécédens, auront prouvé leur haine
pour la dynastie régnante; qui auront proclamé, à la tribune même,
leur admiration pour un autre gouvernement, et leur regret de sa chute;
on le saura surtout, si on les entend
faire des provocations à la force et
au nombre pour venir les aider dans
leurs projets : alors, savez-vous ce
qui arrivera d'une opposition qui,
bien réglée, eût pu être avantageuse
au pays? il arrivera que les honnêtes
gens seront forcés de soutenir le ministère, objet des attaques de cette
opposition, non-seulement dans les
mesures qui mériteraient d'être ap-

prouvées , mais dans les parties les plus vicieuses de son administration ; puisque, dans cette hypothèse, la question ne serait plus d'améliorer le système social, mais de soutenir ou de renverser le gouvernement ; et c'est ainsi que, par l'effet des injustes attaques d'une opposition factieuse , une nation n'a que les inconvéniens du gouvernement représentatif, sans en avoir les véritables avantages ; c'est ainsi qu'elle empêche un ministère de faire tout le bien qu'il médite, et qu'elle lui fait ensuite un crime de ne l'avoir pas opéré.

THOMAS.

Hé bien, M. Fleury, vous ne dites plus rien ?

FLEURY.

C'est que je recherche dans ma

tête quelques raisons qui ne me re-
viennent pas à l'esprit pour le moment;
mais je relirai quelques articles du
Constitutionnel que j'ai à la maison,
et la première fois que je reviendrai,
nous reprendrons la discussion.

THOMAS.

Oui, oui, ça sera bien fait; mais
en attendant vos raisons, je m'en vas
ajouter au cri de VIVE LE ROI! celui
de FI DES LIBÉRAUX!

www.ingramcontent.com/pod-product-compliance
Lightning Source LLC
Chambersburg PA
CBHW060831250626
47162CB00005B/2032